杉中雅子

ザ★家族Ⅲ

「メッセージ」

2024.4.27　愛知県犬山市にて

洪水企画

ザ★家族 Ⅲ 「メッセージ」／目次

ザ★家族 Ⅲ

「メッセージ」

二〇一七年

朱きらきらし

渓谷の鉄橋渡り繰り返すスイッチバックに孫はしゃぎおり

子供らが幼き頃に連れてこし箱根彫刻の森にて遊ぶ

雨上がりの山々樹々は緑濃く涼気でわれら家族をつつむ

貸し出しのベビーカーを押しながら王者のごとく先頭を行く

広々と芝生よ木々よ彫刻をめでつめぐりつ懐かしみつつ

目の前で遊ぶは吾子か吾が孫か錯覚たのしむ芝生に座り

日差し避け入りてしまいしピカソ館われを悩ますピカソの抽象

息切らせ十八メートルの塔に立つ遥かな箱根の山眺めんと

バラ園で息子夫婦とはぐれたり居場所確かむ携帯メールで

疲れしかその母に抱かれぐっすりと　寝顔に一口の思い出めぐらす

わが夫が朝の菜園見せたきと待ちこがれたり孫の上京

朝露にトマトの朱《あけ》きらきらしそっとハサミで収穫したり

菜園の小さきトマトをちぎりたる孫の碧《みどり》は自ら口へ

握りしめ「なすび採った！」と差し出す孫　棘をあやぶむ私の前に

楽しみは束の間のこと福岡に戻る碧を門にて見送る

学校のプールに通う子供らの姿見かけず雨天の続き

「猛烈な雨量」と予報士繰り返す　町全体がおぼれているよ

どうとくる雨　縁石を乗り越えてきたりじわじわ増す水嵩は

絶え間なく雷響き気もそぞろ愛犬クロのしっぽ丸まり

降りしきる雨に雷鳴おさまらず脅えしクロをよいしょと抱き上ぐ

水嵩の増せり自宅の路の上　電信柱が映りていたり

戦なき戦後七十二年なり空にも海にも兵器は要らぬ

情けなや　愚かな行為のてん末の自覚のできぬ男の在りき

家族の増えし秋

庭狭め茂りし木々の秋づきぬ酷暑に葉先あわれ縮れて

八方に伸び気負いたるこのもみじ刈りこめばグッと空引き下ろす

収穫の時を終えたるミニトマト引き抜かれたり青きも混じり

菜園のトマトの後にかぶ、大根、水菜の種蒔く夫いそいそと

わが生《いき》の証の家族増えし秋歌集刊行自らに祝《ほ》ぐ

「梧葉」２０１７年秋号

二〇一八年

パノラマドライブ

暮らし来し東京の街かけめぐる　はとバス観光一時間にて

二階建てオープンバスの階段を幼子のごと跳ね跳ねのぼる

宇宙《そら》近し　ドライブ日和と心浮く初めて乗りし屋根無しバスよ

新装なる東京駅前まっしぐら駆けるわれらのパノラマドライブ

丸の内のビルの谷間に忽然と色づきし街イチョウ並木の

銀髪に赤いルージュの老婦人　洩れくる英語のイヤホンガイド

タブレットかざして風景拡大する人らにまじるガイドの声は

赤白の鉄骨大地に根づきたる東京タワー天空灯す

ここぞとてシャッターポイント促され乗客一同身を乗り出しぬ

ビル群の夕茜なす乱反射はミラーボールよ、まぶしき夕陽

たそがれのレインボーブリッジ目指したりテールライトの流れに流れ

東京湾せり出すバスより見下ろしぬお台場辺りに灯しゆく船

運河いくつ越えて来にけり初旅のオープンバスは空飛ぶじゅうたん

とろの切り身　買い物客に誘われて買いきぬ築地場外市場

これほどの人々どこから集いしか電飾あふれる銀座四丁目

クリスマスイルミネーションの華やかさ一期一会のわれらにそそぐ

高架下　頭上に響く折からの新幹線の通過する音

繁雑に開発という発展を続ける東京五輪に向けて

列島は地震災害の大国ぞ　首都東京にひしめくビル群

隣人の逝きて半年丹精の枝に一つのゆず色づけり

葉の落ちて庭木さびしき狭庭なり　うす紅さざんか寒風にひらく

「もう初雪、積もったんよ」聞こえくる幼なじみのふるさとの声

十年ぶりに旧友と再会した。浅草・待乳山聖天にお参りしたいと言う。彼女の娘が長らく体調を崩し、その平癒を願ってのことだ。幸い、人出が少なく本殿にも入れた。お札や御守りを求め、祈願について詳しく話を聞くこともできた。本尊に向かい祈っている時のことだ。背筋を伸ばし合掌していた彼女が次第にうずくまり、手をこすり合わせながら、何やら呟き始めた。しばらくの間だった。改めて、娘を案じる母の思いに胸熱くなった。

繋がるいのち

―平成の終焉、出生率二年連続低下の日本の一隅で―

朝摘みのトマトを膝に落ち着かぬ夫と空路を孫に会わんと

ロシアより一時帰国のわが息子腕広げて二人児抱きしむ

杉の秀ゆ今日のカラスは祝ぎ声よ　お宮参りの赤児にそそぐ

神主の祝詞おごそか累累の血脈繋がるいのち　この孫

筑後川水豊かなり　久留米人の信仰集めて水天宮在り

機上かと呟くわれに幼子も嫁も見上げる梅雨入りの空

ビオラの音《ね》まといて出づる黄昏の銀座四丁目はやわが家路

2018・9「短歌往来」

沸騰する夏

近年に自然災害多発せり　被害重なり途方もなしや

ふるさとの地名に耳をそばだてり　すさまじき画像に心ざわざわ

一昼夜の豪雨にたたきのめされし故郷広島悲しむばかり

広島の土石流被災地日常に戻りゆく日々の報道沁みる

家、橋、車、カーブミラーも沈みゆく三原市沼田川《ぬたがわ》の氾濫むごし

むかしむかし温暖少雨と習いたる「瀬戸内式気候」いまは変わりつ

被災者はマイクに応える「災害と無縁じゃった」とわが広島を

「ありがたいと思わにゃいけん」生きのびし老人夫婦土砂運び出す

炎天下のがれき整理のボランティアに追い討ちかける熱中症は

額から汗したたるに拭きもせず子も老人も被災者励む

軒先までがれきの山となりたるを見つめる人の後ろ姿よ

体温を超えたる気温の中に居て沸騰するや平成の夏

久しくに喚起されたる温暖化異常な気象が世界の涯まで

精度増す天気予報に頼りたり情報社会の一員なれば

小屋浦の呉線土砂にうもれたり遠浅なりし海水浴場

夏休み祖母を訪いゆく弟と乗りたる単線運転の呉線

山を背に走る呉線の車窓には海岸線と波のきらめき

明け方の鳥のさえずり心地よし台風なれど暑さ忘れて

早朝の冷気を一気に深呼吸　心に少し栄養を取る
生きるとは身を守ること子に孫にしっかり伝えん避難の心得

平成三十年七月、西日本豪雨が発生。中でも広島県は最大最悪の被害者が出た。被災した呉市は両親の在所。小学校高学年の頃まで、夏、冬休みには決まって弟と二人、祖母の家へ遊びに出かけ、一週間以上滞在したものだった。当時、広島から呉まで、バス又は呉線で約一時間。呉線に乗るのが好きだった。席は二人掛けが向き合うボックス型。電化される前のこと、トンネルに入る前は慌てて窓を閉めたものだ。

ある夏、家族揃って出かけた時。戦前戦中、列車の鎧窓を上げてはいけないと命じられていた時期があったと、それは停泊中の軍艦を見られない様にするためだったという事を父から聞き、驚いた記憶がある。呉市は東洋一の軍港と呼ばれ、沿線に軍事施設が多かったからだと。

全線単線でのんびりとした道中。上り方向左手には山が迫り、右手は瀬戸内海の海岸線が続く。海側に国道が走り、その往来は頻繁だった。

今回の被災報道で、懐かしい地名が繰り返される度、心痛んだ。半世紀も前のことで、地域の様子はすっかり様変わりしているが、これらの地名から幼い頃の思い出、今は亡き人々のことまで思い返された。

二〇一九年

生きた証に

詠むことを教えてくれし相沢光恵氏　闘病にめげず歌いつ逝きぬ

「五、七、五、七、七暮らしの中に歌は有り」この教えこそ短歌の手始め

妻となり母となること心得し古き家庭に育ちしわれは

「生を受け生き抜きしこと歌わんか」相沢光恵氏折にふれ説きし

主婦だけで終わりとせずに私ゆえ在ることを詠う生きた証に

満月は暮れゆく平成見つめおり今宵は冬至庭の柚子もぐ

日脚伸びし机上にひとり書き散らしの歌のことばを繕いており

胸のうち言い当てる言葉探しおりいつしか私の習いとなりぬ

子供らに伝えたき想い託したり言葉つむぎし折々の歌

来し方は不器用なれど誠実とう親の教えは常に傍らに

うるむ微笑み

家の角まがれば路地の一面に子らの描きしピカチュウ多彩

日の暮れて子らも帰りし路上には描かれた三毛の猫の親と子

還暦の弟の席に一歳のわが孫もわれの膝にのりおり

寄るも久しく姉おとうと家族増え恙なきこと喜びあいぬ

闘病の歳月長き弟よ家族の支えに還暦むかえ

生き来たり古きアルバムの幼顔公舎住まいの日々戻り来る

一枚の写真をめぐり語りあう姉と弟の記憶あやうし

昭和半ば父母と暮らしし公舎辺り写真風景に不意に涙す

弟の還暦祝うパッチワーク図案に選ぶ猪とうり坊

十数年単身赴任の弟を支え終わりし義妹《いも》のまなざし

還暦をよくぞ迎えし弟と並ぶ富美子さん　父母に見せたし

いつからか親の享年超えたきと心に秘めた願い実りぬ

父母は六十代にてみまかりし全うしたきこれからの命

祝酒を愛娘より贈られて「がんばるけんね」弟、直史《なおふみ》

肩組んで喜び分かつ弟ら　はしゃぐ姿にうるむ微笑み

福岡の銘菓「ひよこ」をお土産に会社勤めも三年目の姪

祝宴のさなかに嫁はつなぎたりスマホで任地ロシアの息子

梅雨寒に紫陽花開きし青々と雨のしずくをたっぷり受けて

バス停でわれ待ちくれし母なりき雨に傘さす親子に出会う

小さき背にランドセルは重かろう混み合うバスの中の幼子

「ぱにあ」の三人の歌集を読みて

歌友の上梓重なりぬ読みゆけば歌集の中に暮らしの見え来

一首にこめる思い有りどれほどに私の心こたえていくや

歌を読み感じる心醸しゆく寄り添いて増す私の感性

一九四三年（昭和十八年）十月二十一日、東京・秩父宮ラグビー場にて、出陣学徒壮行会が行われた。雨降る中、行進する学徒、見守る女学生達。一つの映像として深く心に残る情景である。その時、父母共にその会場にいた。父は黙して語らず…だったが、母は折に触れ、事細かに話してくれたものだった。聞くたびに、ぬかるみを行進する学生達の足音ばかりが大きくなっていく様な臨場感が広がった。

両親の在所は広島県呉市。当時、共に都内で学ぶ学生であったが、面識はなかった。父は北支で戦車に乗り組み、母は繰り上げ卒業後、呉市に戻り、海軍工廠、被服廠にて動員された。戦後、結婚。

この父母あればこその私であるが、その折々の巡り合わせを思う時、「ありがたさ」と共に「縁の不思議さ」に心引かれる。

ご当地短歌 〜東京都

ＬＥＤの電飾、平成最後を輝かす皇居いただくこの丸の内

「梧葉」２０１９年冬号（通巻60号）

二〇二〇年

謎解き街道

雨上がり川越の町を謎解きの散策せんと夫と娘と

境内や道端に立つ謎解きの答えの札は町人の知恵

町おこしの謎解き仕掛け新風をおこせし若き店主の力

川越の町並み風情も織り込まれ展開しおり謎解き巧み

宝の地図に導かれ辿り着く川越熊野神社の竹やぶ

鎮座するおびんずる様を通り過ぎ柵の根方に答えのありき
（釈迦の弟子の一人。本堂の外に置かれ、これを撫でて病気の平癒を祈る。）

寄り道の「大正浪漫夢通り」店先に並ぶ藍染小物

色、柄がモダンに映える銘仙の着物姿の外国人よ

異国語を耳に残して走りゆく黒装束の人力車あり

ストーリー仕立ての謎に惑わされ親子で町中行きつ戻りつ

大正《たいしょう》時代の和菓子屋「亀屋」の踊り場のステンドグラスに咲く白き花

蔵造りの町並み静けし「時の鐘」午後の三時を告げて響き来

木製のかつて鐘つき登りたる階段柵に囲われいたり

百年を越えて重々構えたる酒蔵現在《いま》はカフェで賑わう

あふれくる甘き誘惑、　川越芋　大学芋にスイートポテト

空腹に歩き疲れし半日を答え探しに日暮れも近し

香ばしき焼き団子なり団子屋の床几にかけて茜に染まる

蔵造り栄えし江戸の面影を伝える城下の川越街道

手掛かりはヒントの中にあるものを苛立ち募る読み解けぬまま

謎かけに地図や暗示をたどりつつ知恵比べせし川越で一日

謎解きとう知恵比べと言うに疲れたりわが町田無に降りて息つく

夜空には眉月冴えて電飾のざわめき初めぬ霜月最後

駅前はにわかに華やぐイルミネーション私の町も少しおしゃれに

川越市は埼玉県南西部に位置する。江戸時代、川越藩の城下町、交通の要地として栄え、「小江戸」の別名がある。歴史的建造物が多く、蔵造りの町、町並み保存としても有名である。

サラリーマン時代の夫の勤務地。又、近隣の入間市に住んでいたこともあって、親しみ深い町である。現住所の田無から西武線で四十分余り。観光、散策、食べ歩きと、よく出かける町でもある。

昨年十月十二日、台風十九号の襲来により関東地方は利根川、荒川、多摩川流域で広範囲にわたって浸水した。ニュースで「川越市、浸水」と知り、その映像に驚いた。荒川水系の越辺《おっぺ》川と都幾《とき》川の堤防決壊、推定浸水量約二千万立方メートル。東京ドーム十六個分に相当と報道。とても想像できる量ではない。

被災地のより一層の復旧復興を願う。

令和の銀座

父の日

豊作ぞ夫の育てしズッキーニ　ぱくぱく食めり孫娘よっつは

わが母のロールキャベツのレシピまね中身肉じゃがを嫁に振る舞う

食卓に孫の好物取り揃え夫を囲みて「父の日」の宴

手折りたる園児碧《みどり》の千代紙の蝉や蛙も祝宴の客

「父の日」に集いし子らを送り出しわれらの育てし日々懐かしむ

反抗期—現在

反抗期泣きわめきては訴える孫と息子の入浴タイム

浴室で息子と孫は対決す「しつける」親の試されるとき

ことごとに思い通さねば気のすまぬ孫を抱き寄す心痛しも

婆なればかばってやりたきわが愚行泣きじゃくる孫の為にはならず

単身の赴任生活解かれたる息子の勤め「子供と向き合う」

行き場なし　分からないんだ僕だって　このもやもやが悪い子にする

反抗期―過去

三歳の長女の反抗期　新米の母なるわれはおろおろせしが

だだこねて叱られ泣き泣き寝入りたるかの日の朗子の記憶も苦し

竹尺で尻をたたかれし智なり昭和の子育てはや遠かりき

「なだめる」と「しつける」手ごわさ繰り返し三人子の母鍛えられたり

結婚行進曲

踏切で電車の通過を待ちており電車に乗らぬコロナ禍の日々

届きたり五月の末の挙式待つ次男のフィアンセの赤いカーネーション

コロナ禍で結婚式を延期するはがきに並ぶ二人の名前

日延べせし結婚式を待ちわびぬ留袖一揃い虫干しをして

大阪の卓也と有美の結婚にオンラインでの祝いの会を

それぞれの「乾杯」響くウェブ画面　碧はしゃいでクラッカー鳴らす

メンデルスゾーンの「結婚行進曲」久々に弾く冷や汗かきつ

マスク

色柄の溢れるマスクに個性見ゆコロナ禍に負けぬおしゃれ心よ

表情はマスクに隠れ読みとれぬ伏し目がちなるすれ違いざま

「自粛生活徹底す」るの映像見るゴーストタウンの令和の銀座

二〇二一年

コロナ禍さなか幸い家族

苗木から育てし梅や柚子、柿も　家族らもぎてこもごも食めり

脚立たて庭木の剪定四十年続けて来たる夫《おっと》の背中

枝を切る作業のもはや負担なり枝広げゆく金木犀よ

色づきし「いこいの森の公園」で孫ら張り切る初バーベキュー

コロナ禍で自粛続くに森の中喋るも食べるもパワー全開

秋日和　戸外で食す肉やさい身体に満ちて笑いも栄養

バーベキュー終えて片付け始めたりカート寡黙に押す孫、碧《みどり》

自らに不要不急かと問いかけるコロナ禍さなかの習慣の一つ

初めての試練ぞ安穏と暮らしたる戦後生まれにコロナ自粛は

百年前ペスト流行と学びたり　二〇二〇《にいぜろにいぜろ》年コロナ感染大流行

要注意「六十五歳以上の高齢者」自覚せよ　われもその一人

警鐘をどれほど鳴らせど届かぬか　わが日本のゆるき危機感

はやぶさ2の活躍に歓喜する少年の夢は宇宙科学者

「玉手箱」宇宙の謎を詰め込んで小さき砂粒煙に変わるや

町工場の匠の力結集す宇宙空間飛行す探査機

請われたり孫と二人の留守番を彼にも少し緊張ありき

映像に見入る碧《みどり》に声かける「紙芝居持って来たんだけれど」

声色を使い分けての紙芝居アンパンマンになりきって我

平仮名が少し読めたり六歳児表紙のタイトル大きな声で

サッカーのシュート決めてはしたり顔息子と孫が重なりて見ゆ

春来れば一年生のお祝いに球根植える碧《みどり》とよつはと

コロナ禍で延期されたり次男の婚　京都・上賀茂神社で迎えり

コロナゆえの制約あまたを集いたる友らと歓談、新郎卓也

新婦有美の真白きドレスの長き裾二人の幸を重ね見とれる

記念にとテディベアを贈らるる卓也の生まれし時の体重《おもさ》の

新しき親子の関わり深めんよ東京〜大阪離れていても

冬晴れの東京の空青かりきコロナに勝つと深呼吸する

副反応

万歩計今日も千歩に届かぬよコロナ自粛でわが世界狭し

背の高き街路樹イチョウは枝伐られ幼き葉むら根方にひしめく

画面には懐妊知らせる卓也居て寄り添う有美の笑顔やさしき

カレンダーに出産予定日書き込めり三人目の孫無事に生まれ来よ

順調と妊婦検診伝え来る「赤ちゃん体重四一〇グラム」

昭和には「母親学級」参加せし「ぷれパパ講座」に令和の次男

沐浴の実習受けし次男なり　こわごわの手つき、真顔のうなずき

夏来ればいよいよ卓也も育メンに心優しき子育て願う

コロナ禍で出産するに産院で付き添いできねば妊婦奮闘

菜園の里芋の葉は小さきに小さな朝露こぼれていたり

たわわなる緑色《みどり》のトマトの支柱かたむく　つややかに長雨の中

ベランダに孫の育てし夫からのトマトの苗木背丈も伸びて

曇天に園児らの声響きゆく園庭に揺れる赤きちょうちん

コロナ下で無観客実施と決定す東京五輪開催あやうし

反対の多き東京五輪開催「感染阻止」に動く日本

地上では賛否両論かまびすし満月しずかに競技場照らす

始まりぬ東京五輪は福島より大震災の復興の証

選手らは競技人生かけており開催延期の試練は重く

絶え間なくコロナ、ワクチン情報が新聞、テレビ、Ｗｅｂにあふるる

待合にコロナワクチン接種するマスク姿の老いらが並ぶ

接種後の副反応の情報に接種を受ける肩に力が

久々の発熱ありき戸惑えりワクチン接種の翌日のこと

二年目のコロナ下自粛に効果出ず歯止めかからず虚しき宣言

前日の雨がすっかり上がり、澄みきった秋空の下、ファンファーレが鳴り響き……当時の晴れやかな映像が今もって鮮やかに蘇ってくる。一九六四年十月十日、東京オリンピック。いつでもどこでも、「待ちに待った」という前置きがぴったりとくる高揚感あふれる一大イベントだった。

東京で二度目の開催。「ＴＯＫＹＯ」に決定した時の大きな慶びが、いつの間にかしぼんでしまった。

多くの意見が飛び交う中で実施される東京五輪。主催者の心労は相当なものと想像できるし、競技者の緊張感、熱意に圧倒される。競技に集中できる環境の維持を切に願う。「開催されてよかった」と皆が思える様に。

二〇二二年

白亜の灯台

待ち待ちし緊急事態宣言の解除されたり　さぁ犬吠埼へ

大洋に突き出だした犬吠埼　コロナ禍の憂さを晴らしに行かん

ススキ、木立茂り民家の屋根も間近　銚子電気鉄道の際《きわ》

経営の困難続きし銚子電気鉄道支えし「ぬれ煎餅」善し

単線に揺られ心はほぐれたり銚子と犬吠を結ぶ二十分

目前に屏風ヶ浦の現れぬ浸食されたる海岸線の
私が小さく小さく見えてくる高き断崖背にして立てば
赤茶けた地層は語る火山灰と地学で学びし記憶戻りつ

水平線を望みて立ちぬ　取り込めよ海の空気をはち切れんばかり

海原の沖の彼方に船かすむいつしか童謡「うみ」口ずさむ

満潮の迫りて寄す波はげしかり遊歩道にもざんぶとしぶく

男一人犬吠の磯で釣りをする暮れゆくも岩のごとくに

幼き日よく遊びたる磯辺なり岩場をたどるおぼつかなくも

海辺より白亜の灯台目指し来ぬ白い郵便ポストがぽつんと

黄昏に犬吠埼の灯台の周辺歩く海風受けて

草も木も背の低きこと灯台をせめぐ海風日差しも強し

灯台に火点す頃か夕闇に白い姿が紛れてゆきぬ

海沿いのホテルの窓辺に届ききぬ白亜の灯台の白き閃光

クリスマスイブに逝きたり孟《つとむ》叔父　眼鏡越しの照れ笑い想う

会葬に参列できぬ無念さをわれも知りたりコロナ禍の中

元旦に「盂」と一文字書かれたる賀状届かぬ令和四年は

一九七一年（昭和四十六年）高校卒業。母校は、当時、地元国立大学への進学率県内トップを維持し、厳しい指導だった。入学試験は選抜制で、希望通りの進学先ではなかった事もあり、少し歪んだ心の新学期だった。全国レベルで学生運動の盛んな時代とも重なる。楽しい思い出は少ないと思っていた。

四十代半ば頃から、故郷在住の会員有志が中心となって、年に一度、総会・会報発行と同期会活動が盛んになり、これがきっかけで在京メンバーとの交流も深まってきた。こうした活動を通じ、在学中には知り得なかった人間味溢れる先生方と、個性的ながら好人物の級友達と接する事もできた。

二〇二二年（令和四年）古希を迎えるにあたり、この同期会活動を閉じる事となった。やはり会運営の負担は大きかった様だ。いつまでも在るものと思っていただけに、淋しさが募る。

長年、御尽力下さった方々に、心よりお礼と感謝を伝えたい。

樹々みずみずし

喜寿の夫祝いて撮らん写真館十人集いぬ私の家族

撮影の始まるまでを姉のごと四歳のよつは結眞《ゆうま》をあやす

カメラマンのムード作りに孫達ははしゃぎ大人の我らもつられ

三人目の孫の結眞もぐずらずに一時間余りの撮影終えぬ

孫来たる生後九か月人見知りか抱けば大声で泣き出す結眞

ぬかるみを避けて木道渡り来ぬ大正池よ目前に迫る

二十歳《にじゅっさい》の夏に訪ねし大正池の立ち枯れの木々の姿変わらず

見上げたる雨上がりの樹々みずみずし励まされたり夫も娘も

梓川に沿い歩みきぬ汗ばめり河童橋ま近流れの速し

瀬音響くホテルはひっそりしずまりぬシーズン前の人影まばら

孫碧《みどり》・結眞に贈る手作りのパッチワークは「鯉の滝のぼり」

威勢よき真鯉の尾びれに苦心せり解きて縫っては楽しみており

ブナの林抜け来て視野の開きたりレストラン見ゆ湖のほとり

レストランの窓いっぱいに広がりぬ立つさざ波の狭山湖の涼

湖の遠くに見えるビル群は新宿あたりか灼熱の都市

連日の酷暑疲れを癒すごとく降り出す未明の雨の音ひそと

雨音で目覚めし今朝はいつもより優しくなれる暑さも忘れ

ぽったりと木槿の花落ち薄紅の雨のしずくをたっぷりためて

じりじりと熱気のこもる公園に列なす蟻に子らも寄りきぬ

ランドセルの水筒の氷かカラカラと音たてて登校さなか

金曜二十二時動きおりコインランドリーの一台しずかに

パッチワークを習い始めて十年が過ぎた。小さなピースをつなげながら仕上げていくのは楽しい。最近、針の糸通しがスムーズにできなくなった。手間取る、作業への集中がとぎれる、いらいらすることも多くなった。

ふと韓国映画の一シーンを思い出した。十五、六年前に見た「おばあちゃんの家」母親の仕事が見つかるまで、母親の田舎に預けられる少年と祖母の話。

ソウルから来た少年は、読み書きのできない田舎暮らしのおばあちゃんを馬鹿にし、ゲーム三昧、勝手わがまま放題。おばあちゃんの言うことを全く聞かず困らせてばかり。この情けなくなる程の憎らしい少年が、いつも優しい笑みと無償の愛を注いでくれるおばあちゃんに、少しずつ心を開いていく。

母親が少年を迎えに来る日が決まって、おばあちゃんの針箱の何本もの針に糸を通す少年のひたむきな姿をカメラは追う。目をしょぼつかせながら糸を通していたおばあちゃんの姿を、少年はそれまでそっと見ていたからである。

私にもあの少年と同い年位の孫がいる。針に糸を通すのに難儀している私に、スクリーンで見た少年のさり気ない優しさを見せてくれる時がくるのだろうか。

楽しみでもあり、切なくもあり。

樹木葬

大阪の次男の家族も参加せり一泊二日の日光の旅

車内では四歳よつはがチイママに一歳結眞の遊びの相手

一歳児は思い通りにゆかぬものとぐっと我慢の試練のよつは

真似上手結眞は愛嬌ふりまいて特急スペーシアのアイドルとなる

わが夫晴れ男なりしを日光の駅前小雨に出端くじかれ

小止みの町「神橋」めざして歩きゆかん結眞抱きたる次男先頭に

降りいでし雨に歩みののろくなる疲れてよつは泣きべそになり

慰めも励ましも役に立たざりしレインコートによつははは蒸れて

精巧な細工あざやか「陽明門」見入る碧《みどり》に言葉かけられず

「三猿」の前で口も尖らせて真似たる孫ら笑い集めし

プロポリス、板藍茶《ばんらんちゃ》、朝夕愛飲す　封じ込められしかコロナウィルス

送られし動画の結眞はぶつぶつとつぶやきながら電車走らす

健やかに育つ孫らに照らしおり老いの兆しを折節に思う

街中で殺傷事件多発する安全神話の日本どうした？

日常に犯罪あふれし令和の世　未来の子らの平和願うを

コロナ禍の同級生とのＷＥＢ会の話題は終活、親の墓じまい

終の棲み処を案じておれば近隣の寺整えし樹木葬の園

園内に古き大樹の桜ありその木の下の土になりたし

樹木葬いつもの我の先走りなかなか同意してくれぬ夫

健康に恵まれている現在《いま》なればこその終の棲み処思案す

自が庭の隅の金魚の墓のごと夫はのたまう案ずるなかれ

新年の会食どきに樹木葬語れば病むかと子らに問わるる

古代の蓮

電車にバス乗り継ぎ埼玉行田市《ぎょうだし》の「古代蓮の里」の池の端

梅雨さなか十万株の古代ハス淡きピンクの見頃にひたる

葉の陰につぼみ隠れし花柄《かへい》伸び花咲くまでの姿気高し

建設の工事が偶然呼び覚ます地中に眠りし蓮の種の芽

東屋ゆ古代蓮池見渡せば重《しき》なす葉群梅雨に波打つ

蓮の葉に大きな朝露ころころと揺らせば小さく割れて散らばる

目の前の古代蓮池つなぎたる迷路ゆく人見えて隠れて

果てしなく広き蓮池誇らかにひしめく花は丈高く咲き

蓮池は深き泥池よ清清しハスの根元に浮草ゆらぐ

白き花弁のその先にわずかに紅さす「舞妃蓮《まいひれん》」人招きおり

常になき蓮の香りよ雨曇る中を訪ねし花に佇む

さわやかな「明光蓮」にスマホ向けその甘き香も撮らんとするも

早朝に咲き始めたる蓮の花昼には閉じしいのちの営み

ハスの花開いて閉じての繰り返し四日目の夕べ花弁ちりぢり

咲き終えて散りし花びら色も褪せ夢の如しも古代の蓮《はちす》

目の前に広がる蓮池、果てしなく咲いている蓮の群れに圧倒されてしまった。梅雨空にも蓮の清楚さは映え、その気高さに心引き締まる。花の姿は仏の座る蓮華座を連想させ、仏様に供える花としても、私の思い出は多い。

日頃の手入れ・管理が行き届き、白、淡いピンクの花々と朝露をたたえた緑の葉のコントラストに安らぎを覚える。

地中深く眠っていた多くの蓮の実が出土し、自然発芽して開花したという極めて珍しい経過をたどってきた「行田蓮」（古代蓮）。偶然とは言え、恵まれた環境にあった事をありがたく思う。

蓮池一面に咲き誇る花々だが、その根元に目を移せば、小さな浮草がびっしりと水面を覆う泥地。おそらく生育に必要な豊かな栄養が満ち満ちている事と思わせる。

・東北《とうほく》地方も桜の開花早まりて五月初旬に「早も葉桜」

・異常気象の限界が自然のめぐりを壊しゆく猛スピードで

いろいろな場所、場面で異常気象が取り上げられて久しい。今年も大雨による災害が各地で頻発。夏、高温が続き、厳暑、酷暑といった表現も追いつかない状況。「暑さで命を落とす」事も現実問題となってきた。

先日、テレビ番組で土壌汚染の事を取り上げていた。戦後、世界レベルで人口増大となり、それを支える食料確保を目的として化学肥料の研究開発が最重要課題となった。結果、ドイツで注目を集める成果を挙げ、世界に拡大されていった。最近、世界のある地域の地層調査で、一部白く変色している地層を発見。それが化学肥料の使用によるものだと解説していた。およそ八十年のサイクルでこういった現象が表れてきた事に驚愕する。

このたび、咲き誇る姿に感動した古代蓮だが、次に訪れるとき、又、会えるだろうか？

二〇二四年

令和のメッセージ

東京駅広場に並ぶバスツアー京浜地帯の工場夜景

ボランティアに連れられめぐる工場の夜の敷地の中で躓く

縦横に張りめぐらされる配管の太き細きの照明反射

夕暮れに一雨ありきこもごもに工業地帯の光の冴えて

アイビーの小さき葉っぱは石塀の狭き隙間をひとり占めする

ようやくに猛暑離かりぬわが庭の紅葉日焼けて縮れて褐色

夏日とう優しき響きに程遠き厳暑、酷暑、激暑の令和

「温暖化沸騰」とぞ言う令和五年自律神経対応できず

富士山の遅き冠雪初雪の夏日続きて早も消えたり

「東京に三年振りの木枯らし」とニュース流れる夫との夕餉に

駅前に平和祈念のライトアップ　侵略戦争先行き不明

遠つ国戦禍におびえし子供らの黒き青きの美しき瞳

緩みたるコロナ対策待ちわびし孫の碧の学芸会見ゆ

生り年の大豊作よ私の柿はずしりと重くて甘き

「パパを産んでくれてありがとう」わが誕生日によつはのメッセージ

生涯教育の一環として、数多くの大学が開放され、高齢者等の学習活動が活発に展開されている。私も約二十年前、パート勤務を退職後、いくつかの大学に併設された生涯学習センター主催の講座に参加した。一コマ九十分の講義において、講師の方々の熱意と誠意にはいつも頭が下がったし、受講者のひたむきさに大いに刺激を受けたものだった。

この九年間、ある大学の生涯学習センターで、春・秋期の年二回、各三回の「『源氏物語』を読む」を受講してきた。ますます興味も深まり、楽しみにしていたところ、昨秋「二〇二四年三月末をもって全て終了」と同センターからの通知。にわかには信じられなかった。突然の事で愕然とした。いろいろ事情はある様だが、経済的な要因も大きいと聞く。ただ残念につきる。

学生時代、あれ程「古典」を苦手とした私が、原文で読み、楽しむ事になろうとは思いもしなかった。しかし中学生の頃に、巻の名前の美しさに心引かれて（いつかは『源氏物語』を読んでみたい）

という微かな希望は持ち続けてきた。

講座日程の時間の制約上、全て読解はできていないが、講師の準備して下さる資料、解釈解説は充実していた。時に実物の資料を見せて下さったり、特にビジュアル機器を駆使しての講話はおもしろく、魅力的なものばかりだった。

光源氏の最晩年を描いた「幻巻」で、この講座は終了した。「いつでも在る、いつまでも在る」は無いことを私自身実感した。

最後の講義を終え、講師は
「充実の時間でした。皆さんの真摯な姿勢に励まされてきました。又、いつか共に学ぶ時が来る事を信じています。」と。

教える者も教わる者も同一の時空、そして双方共有する思いにほろっとした。

青りんご香れや

青りんご香れや

令和六年一月一日能登半島地震

報道の能登の惨状に胸苦し元旦の酔いも醒めている居間

能登・珠洲市《すずし》十九歳の夏に訪い圧倒されしかの見附島《みつけじま》

能登地震に跡形もなし見附島わが青春の雄姿を偲ぶ

地震発生半年余りポリタンク手に人ら続くを痛む

朝市でかつて求めし青りんご香れや廃墟となりし輪島よ

なべて花マル

家族四人十周年の智と美穂の　単身赴任も長かりし

結婚式も出産もコロナ禍乗り越え卓也と有美の花婚式

（「花婚式」は結婚四周年）

食卓に花を欠かさぬ有美さんに一輪挿しを能登珠洲焼の

折にふれ長女朗子《あきこ》に頼りがち老いの兆しのわれら夫婦は
連れ添いて喜怒哀楽の歳月や子らに恵まれなべて花マル

短大一年生の夏、友人達と三人で、一週間、北陸能登地方へ出かけた。自分達で計画し、アルバイトで資金作り。初めての事だ。日本交通公社の窓口で相談、宿泊はユースホステルを利用。事前に往復はがきで予約。「スマートフォンでポチッ」で事の済む現在と比べれば隔世の感。ミニ周遊券を使う事も初めてで、無事帰宅できるのかとべそもかいた。急行の夜行列車で広島発。翌早朝、大阪着。そこから北陸への旅が始まった。

東尋坊、能登半島をぐるり一周。最先端の白い禄剛埼灯台では水平線に見とれ、夕暮れの風景にひたるあまり、終発バスの発車時間に駆け込むという失敗もあった。

別名「軍艦島」とも呼ばれる見附島。一見愛嬌のあるその姿に頼もしささえ感じたものだった。輪島朝市での地元のおばちゃんとのやり取りも心に残る。聞き取りにくかったが優しい響きの言葉だった。何もかも初めて尽くしの北陸の旅は、私の青春の一ページだ。

年明け早々一月一日夕方の速報ニュースに驚いた。言葉もなかった。端っこに位置するが故の救助の遅れももどかしく感じた。多方面での救助も進む中、立ち遅れ感の大きな地域もある。私と同年代の被災者の姿は胸に突き刺さる。

被災後の復興への道は想像以上に厳しいと察している。私の遠い微かな記憶をたどっていくと、「広島復興大博覧会」に思い当たる。現在は手元にないのだが、二眼レフカメラで撮影した一枚の小さな写真に祖母と私が写っていた。背景に「広島復興大博覧会」の横断幕。「ここはどこ?」と母に尋ねたほど、周りに何もないただ広い道。それが現在緑豊かな平和大通りであった。

後日調べて分かった事だが、一九五八年(昭和三十三年)四月一日から五月二十日まで広島市で開催された博覧会で、一九四五年(昭和二十年)原爆投下後、焦土となった広島が十二年間で驚異的な復興を遂げたその現状を発信する事が一つの目的だった様である。

残念なことに、覚えているのは、この博覧会の名前だけで、どのような内容だったのか、全く記憶にない。

日本が豊かさを求めて躍動した時代が、私の小学校から中学校への成長期と重なる。子供ながら、街が整備されていく様子を覚えている。

　昨春叙勲の友祝わんと袋町小学校三年六組の有志達
　配られしクラス写真も華となり祝宴たけなわ古希過ぎし我ら
　被爆せし西校舎の三階にわが六組の教室ありき

復興・復旧に向けて、日々の積み重ねのその先に、穏やかな生活が戻ってくる事を切に願っている。

解説

アルバムは厚みを増して

二条千河（詩人）

二〇〇九年発行の第一歌集『ザ★カ・ゾ・ク』、二〇一七年の第二歌集『ザ★カ・ゾ・クII』に続き、みたび同じタイトルを冠した第三歌集が世に送り出された。
　歌材は必ずしも家庭内の出来事に限らず、旅先での体験や社会現象などを詠んだ作も少なくない。体幹のようなものとして「家族」への眼差しは常にあるのだが、その焦点は家の内部へと収斂していくものではなく、むしろ開放された窓から外の世界へ向けられているようにも思える。一緒に暮らす家族、今は離れている家族、すでに他界した家族も歌の中では引き続き存在感を保つので、子どもの結婚や孫の誕生などを経て「家族」は増えていく一方だ。それに伴い、彼らを眼差す際の視界に入る景色もまた、自然に外へ外へと拡張していくものなのかもしれない。だからこそ、この二首がひとつながりの流れの中に置かれたりもするのだろう。

　遠つ国戦禍におびえし子供らの黒き青きの美しき瞳
「パパを産んでくれてありがとう」わが誕生日によつはのメッセージ
（二〇二四年／令和のメッセージ）

構成は第二歌集に引き続き編年体を採用している。しかし章タイトルの下に年代が添え書きされた前作と異なり、本書では二〇一七年から二〇二四年まで一年ごとの年代表記が最上段に掲げられ、その下にいくつかのタイトルが属する形式となっている。第一歌集のあとがきには亡母の「子どもの成長を折々残してやれるものがあったら」という言葉が紹介されていたが、その折々に「家族」やそれを取り巻く世界に何が起こったかを書き残そうとする意志が、より前面に押し出された結果であろうか。順を追ってページを繰っていくと、まるで杉中家を訪問してアルバムを見せてもらっているかのような心地がしてくる。イメージの中のそれは、現像した写真を硬い台紙へ貼りつけていく方式の、ずっしりと重い、押し入れの匂いのしみついた……おそらく次の歌で姉弟が眺めているのと似た感じの写真帖である。

生き来たり古きアルバムの幼顔公舎住まいの日々戻り来る

一枚の写真をめぐり語りあう姉と弟の記憶あやうし　（二〇一九年／うるむ微笑み）

あの分厚い台紙へ家族写真と一緒に並べてしまえば、風景写真もチケットも箸袋も新聞の切り抜きも、すべてが家族史の一部になる。同じように、コロナ禍もオリンピックも豪雨災害もはやぶさ2も謎解きゲームも蓮の花も、一連の文脈の中で「家族の出来事」として再生され、独立した三十一文字として鑑賞する時とは別の様相を帯びる。そもそも歌集とは本来的にそういうものなのかもしれないが、シリーズ第三弾の本書には、その妙味が特に強く感じられるように思う。

わが生《いき》の証の家族増えし秋歌集刊行自らに祝《ほ》ぐ　（二〇一七年／家族の増えし秋）

喜寿の夫祝いて撮らん写真館十人集いぬ私の家族　（二〇二二年／樹々みずみずし）

杉中雅子歌集『ザ★家族Ⅲ「メッセージ」』に寄せて

いのちのバトン

短歌文芸誌ぱにあ代表
秋元千恵子

ある高名な歌人の言葉であるが、歌集三冊くらい出さなければ歌人では無いと聴いた。三冊と云っても、当然作品の質も刊行することの意義も問われるであろう。

上田三四二師は、歌集一冊ごとに「風姿」を重んじた。たとえば第一歌集『黙契』では〈相聞〉・次の『雉』は〈父母〉・『花信』では〈死生観〉を核にした。

私は第一歌集『吾が揺れやまず』はひたすら感情を吐露していたが、『蛹《さなぎ》の香』は〈戦時の父母兄弟〉・『王者の晩餐』は〈食品公害〉・『冬の蛍』では〈環境汚染〉を、意識して書き世に問うた。最後の歌集『鎮まり難き』は仕事の集大成として、〈愚かで、いとしい人類〉への祈念を核にした。

杉中雅子さんは、歌壇とか歌界に対して清しいまでに無欲の人である。それでもこの度の歌集は三冊目。夫君の仕事に、協力しながら子供の成長を助ける働きを過去の歌集から私は見て来た。良妻賢母で情にもろく涙ぐみやすい彼女の心も知っている。若くして父母を亡くしているが、おそらく慈しみ育てられた人であろう。二人の弟さん達にも吾子のように愛情を注いでいる。

自分が生命を授けられた父母を鑑に、昭和、平成、令和と、国も世界も危うい時代を、己れを律し、家族を守り育てて生きた人だ。

『ザ★カ・ゾ・ク』『ザ★カ・ゾ・クⅡ』そしてこの度の『ザ★家族Ⅲ「メッセージ」』に亘る三冊に家族愛を貫き通した歌集は稀有であろう。

この集ではじめて出現する「樹木葬」の作品。ここまで来たかと感慨深い。彼女にはこれからあらたなテーマが待ちかまえているのだ。子育て卒業。これからは、夫君と自分の老後をいかに生き抜くかが生涯の課題になる。

以前の二冊の歌集では跋文をたっぷり書かせて頂いたが、三冊目の歌人には失礼にあたる、と思いながらも、佳き歌には心も筆も動かされてしまう。

「パパを産んでくれてありがとう」わが誕生日によつはのメッセージ

著者杉中雅子さんの誕生日に届いた五歳のよつはちゃんのメッセージ。〈目に入れても痛くない孫〉の歌と云うレベルの作品でない事は確である。無垢な心が発したこの言葉を、素心で咀嚼してほしい。「誕生日」はキーワードになる。しかし、いにしへの、詠ずる名歌、秀歌の技法を重んじる観照はふさわしくない。作りものではないからだ。家族という被写体に心をこめて歌い続けた努力も愛である。

この一首には、「久遠の過去世と、未来の永劫のいのちのバトン」の行方が計らずも示唆されている。「ぱにあ」の編集委員として終刊号まで私を支えて下さった唯一無二の友であり、無欲の歌人杉中雅子さんに贈る最後の言葉が読者の皆様にご理解頂ければ幸です。

あとがき　すべてに感謝

どちらかと言えば、融通が利かない、不器用な生き方を選んでしまう、その様な私の心を少しずつ成長させてくれたのは、やはり短歌である。

短歌との出会いは、一九九〇年に参加した市民講座「うたうこと生きること」。講師は松平盟子氏であった。同氏主宰の『プチ★モンド』、相沢光恵氏主宰の『まがたま』を経て、阿部幸夫先生の紹介・勧めにより二〇〇五年短歌会ぱにあに入会。

以来、秋元千恵子代表の指導のもと、二〇〇九年第一歌集『ザ★カ・ゾ・ク』、二〇一七年第二歌集『ザ★カ・ゾ・クⅡ』、そしてこのたび第三歌集『ザ★家族Ⅲ～「メッセージ」』を上梓する事ができた。

三十四年間、歌を詠む上で、いつも家族が中心にあった。タイトルの「ザ★カ・ゾ・ク」は秋元貞雄氏に命名してもらったものである。「私にとって大切な、大きな核となるものを頂戴した」との思いを強くしている。

三人の子供達がそれぞれ独立し、家庭を持ち、子を持つ親となった。三人の孫達に出会う事もできた。日頃は程よい距離を保ちつつ、年に一度の家族旅行で、つながりを深めている。

不安定な社会情勢、異常気象と厳しい状況ではあるが、家族のひとりひとりが多様な価値観の中で、伸び伸びと個性豊かに暮らしていけます様に。夫と共にいつまでも見守っていきたいと思う。

長きにわたり、短歌の勉強を続けてこられた事をありがたく思っています。先ず家族の理解があり、時に不行き届きな家事にも目をつむっていてくれた事を心より感謝しています。

漠然とした思いの第三歌集上梓が、ある日ハイスピードで具体性を帯びてきました。秋元千恵子代表の体調、ぱにあ終刊と緊張の増す中で、初稿が終わり装丁も決まり、いよいよと心も引き締まります。

「ぱにあ」で育てられ、身に付けた事を全てこの第三歌集に集約できたと確信しています。幸せです。

秋元千恵子代表に心をこめて、ありがとうございました。細やかなお気遣い、大変お世話になりました。

洪水企画の池田康氏、装幀の巖谷純介氏、大いなるご理解とご協力に御礼申し上げます。みなみなさまへ、心より感謝をこめて。

二〇二四年夏

杉中雅子

著者略歴

1952 年（昭和 27）、広島市に生まれる。
1992 年『プチ★モンド』創刊に参加。
2000 年『まがたま』創刊に参加。
2005 年『ぱにあ』'05 冬号 58 より参加。
2009 年第一歌集『ザ★カ・ゾ・ク』
2017 年第二歌集『ザ★カ・ゾ・ク　II』
短歌文芸誌「ぱにあ」編集委員
住所：〒 188-0003　西東京市北原町 3-3-42

ザ★家族 Ⅲ「メッセージ」

著　者　杉中雅子

発行日　2024年10月10日

発行者　池田　康

発　行　洪水企画

〒254-0914 神奈川県平塚市高村203-12-402

TEL&FAX 0463-79-8158

http://www.kozui.net/

装　幀　巖谷純介

扉　絵　杉中よつは

印　刷　モリモト印刷株式会社

ISBN978-4-909385-51-2